Analyse de l'œuvre

Par Cécile Perrel et Paola Livinal

Le Rivage des Syrtes

de Julien Gracq

Rendez-vous sur
lepetitlitteraire.fr
et découvrez :

Plus de 1200 analyses
Claires et synthétiques
Téléchargeables en 30 secondes
À imprimer chez soi

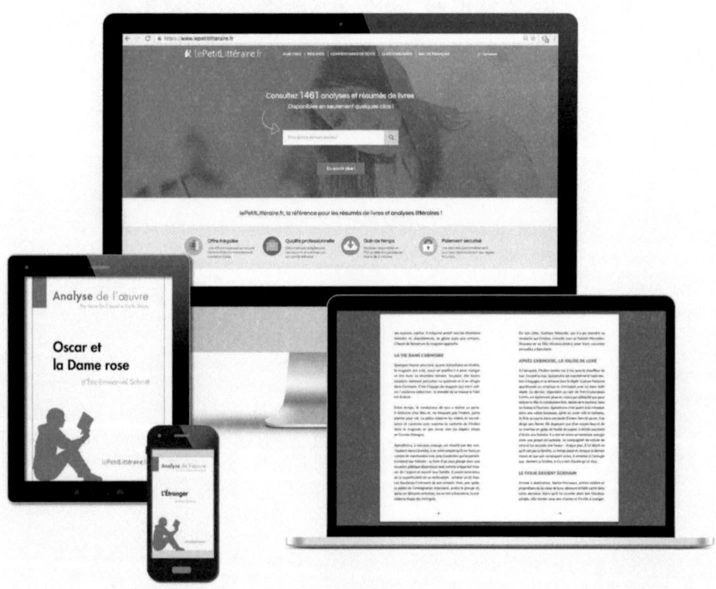

JULIEN GRACQ

ÉCRIVAIN FRANÇAIS

- **Né en 1910 à Saint-Florent-le-Vieil (Maine-et-Loire)**
- **Décédé en 2007 à Angers (Maine-et-Loire)**
- **Quelques-unes de ses œuvres :**
  - *Au château d'Argol* (1938), roman
  - *Un balcon en forêt* (1958), roman
  - *Carnets du grand chemin* (1992), recueil d'essais et de notes de lecture

Julien Gracq, de son vrai nom Louis Poirier, est un écrivain français du XXᵉ siècle. Agrégé d'histoire, il devient professeur d'histoire-géographie à Nantes (Loire-Atlantique), puis en Bretagne, à Quimper (Finistère), où il anime une section de la CGT (Confédération générale du travail) et adhère au parti communiste français. Pourtant, il ne parvient pas à concilier militantisme et écriture : il se désengage en 1939, déçu par les décisions prises par le parti. Officier lors de la Seconde Guerre mondiale (1939-1945), il est fait prisonnier avant d'être libéré en 1941. Il reprend alors l'enseignement jusqu'à sa retraite en 1970.

Outre les œuvres déjà citées, on lui doit : *Un beau ténébreux* (1945), *Le Roi pêcheur* (1948), *La Presqu'île* (1970) et *Les Eaux étroites* (1976).

LE RIVAGE DES SYRTES

L'HISTOIRE DE LA SEIGNEURIE D'ORSENNA

- **Genre :** roman
- **Édition de référence :** *Le Rivage des Syrtes*, Paris, José Corti, 1995, 321 p.
- **1re édition :** 1951
- **Thématiques :** guerre, attente, ennui, changement, mort

Publié en 1951, *Le Rivage des Syrtes* raconte l'histoire de la lente chute de la Seigneurie d'Orsenna racontée à postériori par Aldo, un jeune noble désœuvré. Pays endormi dans une guerre sans combats et sans victimes depuis trois siècles, Orsenna se réveille soudain et cherche à sortir de sa torpeur par tous les moyens pour se sentir vivre.

Bien que le prix Goncourt lui ait été décerné en 1951 pour cette œuvre, Julien Gracq, souhaitant rester à l'écart des cercles littéraires, le refuse.

RÉSUMÉ

LE DÉPART POUR LES SYRTES

Aldo, le narrateur, est un jeune noble issu d'une famille ancienne et aisée de la Seigneurie d'Orsenna. Profitant des ressources dont il dispose et peu pressé de choisir une carrière, il mène la vie oisive d'une jeunesse dorée, multipliant les conquêtes amoureuses, les promenades à cheval et les longues journées de lecture.

Un jour, pris d'une envie de voyager, il demande un poste dans les Syrtes, une contrée désertique éloignée de la capitale. Il est alors nommé à la fonction d'Observateur auprès des Forces Légères dans la mer des Syrtes : ce rôle d'espion fait de lui les « yeux du pouvoir », chargés de la surveillance de l'ennemi autant que de la prévention contre toute conspiration armée.

De l'autre côté du rivage se trouve le Farghestan, un pays mystérieux contre lequel la Seigneurie est en guerre depuis trois siècles et qu'elle doit surveiller depuis sa forteresse, l'Amirauté. Or le conflit s'est endormi depuis de nombreuses années : la paix entre les deux pays est tacite. Pour certains, cette guerre n'est donc qu'une plaisanterie, ou du moins pensent-ils qu'il n'y a aucune raison de la craindre. D'ailleurs, la plupart des militaires en poste dans la région sont devenus, par la force des choses, des paysans qui cultivent les terres. L'histoire leur apprendra pourtant qu'il faut toujours se méfier de ses ennemis.

L'AMIRAUTÉ SE RELÈVE DE SES RUINES

En arrivant à l'Amirauté où il doit prendre ses fonctions, Aldo rencontre le capitaine Marino, le commandant des lieux, un homme affable pour lequel Aldo ressent immédiatement une profonde affection. Il se lie également d'amitié avec Fabrizio, l'un des jeunes officiers. Celui-ci lui apprend qu'il a un jour franchi, par mégarde, la frontière qui sépare les deux pays à bord du *Redoutable*, le bateau servant aux patrouilles.

Peu à peu, Aldo découvre que la base des Syrtes tombe en ruines : les constructions sont délabrées et les bateaux, vétustes, semblent plus proches du sommeil que prêts au combat. D'ailleurs les hommes de la forteresse louent leurs services depuis longtemps aux domaines agricoles de l'arrière-pays, ce qui représente une alternative à l'ennui des troupes et une source de revenus pour l'Amirauté. Cette menace de guerre avec le Farghestan rend pourtant la situation instable : lorsque l'une des fermes annonce que, dorénavant, elle se passera de la main-d'œuvre de l'Amirauté, il est décidé que, pour occuper les militaires à présent inactifs, ceux-ci remettront le bâtiment en état. Alors que la forteresse reprend vie, Marino semble quant à lui étrangement miné, comme si la vie le quittait.

Conscient qu'il y a peu à observer de l'autre côté du rivage, et soumis à aucune obligation, Aldo trouve refuge, par une chaude après-midi, dans la chambre des cartes, où sont rassemblés les documents de navigation. Le jeune homme est particulièrement fasciné par la carte marine dressant la

limite entre les eaux territoriales de la Seigneurie et celles
du Farghestan.

LE VAISSEAU MYSTÈRE, L'ESPION
ET LES RUMEURS

Plus tard, le capitaine remet à Aldo une invitation de la part
de la famille Aldobrandi, que le narrateur connait bien : il a
autrefois entretenu une relation amoureuse avec Vanessa,
la fille des Aldobrandi. Pendant longtemps, cette famille
noble et célèbre à Orsenna a vu son nom associé aux complots et aux tentatives de soulèvement contre la Seigneurie.
Exilé pendant un temps, le père Aldobrandi est depuis rentré en grâce. À l'époque, Aldo en conclut, avec ironie, que le
gouvernement d'Orsenna voulait désormais composer avec
ses ennemis.

Un soir, observant les flots, Aldo aperçoit un bateau inconnu franchissant la frontière. Dès le lendemain, il en rend
compte à Marino qui ne prend pas cette histoire au sérieux
et conseille au jeune homme de quitter l'Amirauté, pensant
que ce n'est pas une vie pour lui. À mots couverts, Marino
confie toutefois à Aldo qu'il suffirait d'un rien pour mettre
le feu aux poudres avec le Farghestan.

À la recherche de distractions, Aldo décide de visiter les
ruines de Sagra, une ancienne ville de la Seigneurie laissée
à l'abandon. Là-bas, il découvre fébrile le bateau qu'il avait
surpris patrouillant en mer. Il ne peut s'empêcher de penser
qu'il y a sans doute un lien avec le Farghestan. Comme personne ne prête attention à ses avertissements, il décide de

garder cette découverte pour lui, d'autant que la possibilité de pouvoir approcher la côte opposée rejoint son propre désir d'ailleurs.

En rentrant de son expédition, Aldo se retrouve seul à l'Amirauté : tous ses compagnons sont partis à une soirée donnée au palais Aldobrandi à Maremma, la ville la plus proche de la base et unique lieu de distraction. Le jeune homme se réfugie dans la salle des cartes lorsque Vanessa apparait et décide de l'emmener à la fête.

Au palais, le jeune homme rencontre Giulio Belsenza, un espion de la Seigneurie dont la fonction officielle est d'être policier au bureau de Maremma. Selon ce dernier, les relations avec le Farghestan ont changé depuis un an : les choses bougent subtilement, sans rien laisser paraitre. Chacun de leur côté, les belligérants semblent vouloir secouer cette léthargie. Pour confirmer ses dires, Belsenza propose à Aldo d'écouter le prédicateur de la petite église de Saint-Damase, au sermon si offensif.

Une fois rentré à l'Amirauté, Aldo envoie un rapport à ses supérieurs, les informant des rumeurs circulant dans la ville.

LES PRÉMICES DE LA GUERRE

Aldo reçoit une lettre de Vanessa l'invitant à une excursion. Les deux jeunes gens partent en mer pour la journée et se retrouvent bientôt sur l'ile de Vezzano, très proche des côtes du Farghestan. À demi-mot, Vanessa lui laisse entendre qu'elle attend quelque chose de lui. Selon elle, il doit accomplir une mission, mais elle reste très vague, renforçant ainsi le trouble d'Aldo. D'autant plus qu'à cette occasion, leur ancienne passion amoureuse se réveille.

Marino doit partir rencontrer les autorités à Orsenna. Par un message écrit, il remet à Aldo la charge de l'Amirauté. Un soir, laissé seul maitre de la forteresse, Aldo, accompagné d'un équipage, patrouille en mer sur ordre du capitaine. Au souvenir de son entrevue avec Vanessa et penché sur les cartes marines, Aldo cède à la tentation d'endosser le rôle de celui par qui le changement arrive. Imperceptiblement, et avec un sentiment de liberté, il laisse aller le bateau toujours plus loin et finit par faire une incursion dans les eaux territoriales farghiennes. Les conséquences sont immédiates : des coups de feu sont tirés depuis la côte en direction du bateau. À bord, tous sont heureux de s'être enfin frottés à l'ennemi.

De retour à l'Amirauté, Aldo s'étonne de la réaction si rapide du Farghestan : la mer devait forcément être surveillée. La paix tacite qui règne depuis des siècles est-elle en train de se fissurer ? À l'Amirauté, un inconnu se présente : il se dit émissaire du Farghestan et réclame une preuve de bonne foi de la part d'Orsenna que le pays ne veut aucun mal au sien.

LE RETOUR EN HÉROS À ORSENNA

Plus tard, Marino apprend à Aldo qu'il est au courant de son équipée hors des frontières. Il avoue également au jeune homme que le gouvernement d'Orsenna lui a demandé de quitter l'Amirauté. Il suppose qu'après son départ, c'est Aldo qui dirigera la forteresse ; d'ailleurs, celui-ci est convoqué à la Seigneurie.

Marino entraine Aldo dans une visite guidée et nocturne de la forteresse comme s'il lui en transmettait le commandement. Elle s'achève par les adieux de Marino et sa chute inexplicable dans les eaux troubles de la mer. Aldo, lui-même tombé au sol à ce moment-là, ne s'est pas rendu compte du drame. Il s'interroge immédiatement sur la nature de cette mort : est-ce un accident ou un suicide ? Le mystère reste entier. Comme le corps n'est pas réapparu, Aldo veut y voir l'emprise de l'Amirauté, personnifiée par ses pierres et la mer, sur cet homme qui l'avait plus hanté qu'habité. Cet évènement signe en tout cas le passage d'un temps de l'histoire de la Seigneurie d'Orsenna à un autre temps.

Prenant conscience de la folie de son équipée dans les eaux farghiennes, Aldo s'interroge : doit-il en faire part aux instances de la Seigneurie ou se taire ? Dans un cas comme dans l'autre, il sera condamné, pense-t-il. Mais il pourrait avancer « qu'on désirait sans oser le dire [qu'il] aille voir là-bas... » au vu des ordres qui lui avaient été remis (p. 304). Aldo décide donc d'écrire un rapport au Conseil de Surveillance d'Orsenna, lieu de toutes les décisions de la Seigneurie, et de demander une audience pour s'expliquer. Le lendemain, il part rejoindre Vanessa qui l'accueille en héros : la nouvelle de son escapade en mer s'est vite répandue et chacun à Maremma célèbre le jeune homme.

Plus tard, Aldo se rend à Orsenna afin de rencontrer les sages du Conseil de Surveillance. Comme à Maremma, le jeune homme est accueilli en héros dans sa ville natale. Pourtant, l'ambiance générale est appesantie par des rumeurs annonçant la chute imminente de la ville.

Aldo est reçu par Danielo, l'une des figures phares de la ville et ami intime de son père. Il apprend qu'il est nommé à la tête de l'Amirauté, et Danielo lui avoue qu'il est ravi de son attitude : il espérait, en l'envoyant dans les Syrtes, que le jeune homme tenterait une action et c'est chose faite. Orsenna se mourait, il fallait qu'elle sorte de sa torpeur et c'est Aldo qui a sonné l'heure du réveil.

Il apprend également que, selon un rapport secret, les troupes farghiennes ont commencé à envahir Orsenna. Aldo doit alors renforcer les patrouilles en mer. L'état de siège est proclamé, la guerre est imminente.

ÉTUDE DES PERSONNAGES

ALDO

Aldo est le narrateur du roman. C'est à travers ses yeux que les évènements sont donnés à voir au lecteur. Très vite, nous nous rendons compte que l'histoire qu'il raconte est passée. Étant donné qu'il évoque ses souvenirs, Aldo a donc survécu à la guerre contre le Farghestan : « Quand je reviens par la pensée à ces journées si apparemment vides, c'est en vain que je cherche une trace, une piqûre visible de cet aiguillon qui me maintenait si singulièrement alerté... » (p. 37)

Au début du roman, c'est un jeune homme désœuvré qui profite de ses origines nobles pour mener une vie oisive. Mais, rapidement, il ne trouve plus son compte dans cette existence et demande un poste auprès du gouvernement d'Orsenna qui l'envoie alors comme Observateur (c'est-à-dire espion) dans les Syrtes. Là-bas, Aldo est confronté à l'inertie, à l'attente d'un évènement qui pourrait bouleverser l'ordre établi, mais qui se laisse désirer. C'est finalement lui qui le provoque en franchissant la frontière, déclenchant ainsi une réaction de la part du Farghestan, l'ennemi ancestral d'Orsenna. Cet acte n'est cependant pas prémédité, du moins pas consciemment, car sa liaison avec Vanessa Aldobrandi et les agissements de cette dernière sont sans doute en lien avec cette transgression soudaine des interdits.

Une fois l'acte commis, Aldo ne semble pas ressentir le moindre regret. Sa seule crainte est d'être confronté au jugement de Marino, pour lequel il éprouve une profonde affection. Rappelé à Orsenna devant le Conseil de Surveillance, à la tête duquel se trouve Danielo, Aldo croit encore, en écoutant celui-ci, que la guerre peut être évitée : il considère que Danielo en a le pouvoir. Or il est déjà trop tard. Des détachements farghiens armés ont contourné la mer des Syrtes par l'est et se dirigent vers la frontière. Le stade de la culpabilité est dépassé, celui de l'action s'impose.

Au sortir de cette entrevue, Aldo a accepté pleinement son acte et le déclenchement de la guerre. Celle-ci est finalement une révélation pour lui : « Je savais pour quoi désormais le décor était planté. » (p. 322), comme une réponse positive à ce qu'Aldo, jeune homme alors désœuvré, disait au début de l'histoire (« Le terrain même sur lequel j'avais si négligemment bâti s'effondrait sous mes pieds. », p. 9)

VANESSA

Vanessa Aldobrandi est la fille d'une vieille famille d'Orsenna au passé trouble, voire sulfureux, puisque son nom a toujours été associé aux révolutions, aux tentatives de soulèvements ainsi qu'aux complots contre la Seigneurie. Longtemps contraint à l'exil, son père est depuis peu rentré en grâce.

La jeune femme connait Aldo depuis de nombreuses années. Ils ont entretenu autrefois une relation amoureuse qui se renoue dès qu'ils se retrouvent à Maremma, la ville où Vanessa vient passer la belle saison.

Étrange et secrète, Vanessa semble ensorceler Aldo. Elle lui tient des propos équivoques, comme si elle le poussait à agir : « Depuis que tu es venu ici, tu n'as pas vécu pour autre chose. C'est pourquoi je suis allée te voir dans la salle des cartes et pourquoi je t'ai conduit à Vezzano ; et ce qu'il t'est donné à présent de faire, toi aussi tu le sais maintenant. » (p. 167) Lorsqu'il pense à elle, Aldo la nomme d'ailleurs « l'ange noir » (p. 199), ce qui renseigne sur son véritable rôle dans l'histoire. Ainsi pousse-t-elle Aldo à agir et à sortir Orsenna de sa léthargie : « Vanessa m'avait été donnée comme un guide. » (p. 286) La devise de sa famille n'est-elle pas *Fines transcendam* (je transgresserai les limites) ?

Noble jeune fille d'un ancien proscrit, Vanessa aime la vie (les fêtes à Maremma en sont la preuve) mais lors d'une rencontre avec Aldo, elle lui dit :

> « Comme tu as des mains fortes, Aldo. Si puissantes, si fortes [...]. Des mains qui tiennent la joie et la perdition ; des mains où l'on voudrait se confier et se remettre, même si c'était pour tuer, pour détruire — même si c'était pour finir. » (p. 168-169)

Elle exprime comme un désir d'apocalypse, déjà éprouvé quand elle emmène Aldo sur l'ile de Vezzano. De là, elle voit le volcan Tängri, sur la côte du Farghestan : une force tellurique qui semble la fasciner pour son pouvoir de destruction. Elle aspire à la guerre et s'efforce d'entrainer Aldo à accomplir l'acte déclencheur. Lorsqu'enfin l'irréparable est commis, elle exulte et reçoit Aldo en héros.

MARINO

Marino est le commandant de l'Amirauté, nom de la forteresse des Syrtes dans laquelle Aldo est envoyé. C'est un homme intègre et droit pour lequel le narrateur éprouve immédiatement de l'attachement ainsi qu'un profond respect. Marin ne naviguant plus guère, il s'est transformé en agriculteur : « Pesant et lent dans ses grandes bottes d'uniforme », il a « l'air d'un paysan habillé » (p. 66) et gère ses hommes comme des employés agricoles. Il se satisfaisait du statuquo à cette frontière et fait corps depuis longtemps avec les pierres de la forteresse.

Rapidement, il voit en Aldo un danger potentiel : « Je t'en veux d'être ici une cause de trouble, en attendant d'être une source de danger. » (p. 48) Dès qu'Aldo agit, l'apparence de Marino change : d'homme fort et imposant, il devient un vieillard. D'ailleurs, ce n'est plus que par ce terme que le narrateur le désigne, comme si son heure était passée et qu'il devait disparaitre avec l'ancienne Orsenna dont il était le garant. Maintenant que les choses évoluent, il n'a plus de rôle à jouer.

Il meurt dans d'étranges circonstances, lors d'une ronde sur les remparts de l'Amirauté en compagnie d'Aldo. C'est ce dernier qui prend sa place de commandant, l'ancienne génération laissant sa place à la nouvelle.

DANIELO

Danielo, âgé d'une soixantaine d'années, est à la tête du Conseil de Surveillance d'Orsenna depuis que le parti dominant l'y a nommé. Homme d'étude, il mène une vie privée ascétique, « sans femme, sans maîtresse, sans amis, sans vices connus » (p. 299), à la limite de la misanthropie.

Le discours qu'il déroule devant Aldo veut expliquer la situation dans laquelle la Seigneurie est plongée ainsi que ses causes. Il expose plusieurs registres :

- **la confidence de secrets de gouvernement** : « On maintient toujours *d'abord* sur place, lorsqu'il survient un incident imprévu qui prend mauvaise tournure, l'homme par qui toutes choses ont commencé. » (p. 305) ;
- **l'aveu qu'il a espéré et voulu l'acte commis par le jeune homme** : « Non, vous ne vous êtes pas trompé [...]. La permission vous a été donnée. Je ne savais pas si vous iriez là-bas. Mais je savais que c'était possible. Je savais que je laissais une porte ouverte. » (p. 307) ;
- **une leçon sur le pouvoir et ses prérogatives** : « Il y avait aussi pour moi cet amusement presque inépuisable : constater que la machine marche, que mille rouages jouent et fonctionnent quand on appuie sur le bouton » (p. 308) ;
- **la confession de sa claire responsabilité dans l'incident de frontière** : « Moi, c'était le Farghestan dont je guettais le coup du doigt replié sur la vitre. [...] Entre tous les actes, celui que je commençais d'entrevoir, celui auquel personne ne pensait plus, était l'acte que je *pouvais* faire. » (p. 309-310)

Porteur de sa propre responsabilité, Danielo avance aussi que « tout le monde a été complice dans cette affaire » (p. 314) et que les autorités d'Orsenna, dans leur léthargie même, ne réagissaient qu'à l'évocation des Syrtes. Tout s'est mobilisé pour provoquer cet état de guerre : « Cette chose endormie dont la Ville était enceinte, et qui faisait dans le ventre un terrible creux du futur. Nous la portions tous. » (*ibid*.) Danielo a vieilli avec la ville, et la ville, comme un être humain, a finalement décidé d'en finir quand son heure est venue.

CLÉS DE LECTURE

Ce livre est ce qu'il raconte : un état de bascule entre deux situations, de la paix à la guerre, ainsi qu'un entremêlement permanent entre deux genres littéraires : celui du roman sentimental du XIXe siècle (avec une intrigue et des personnages) et celui du roman noir. Le lecteur ne peut s'identifier à aucun personnage, parce qu'il est pris dans les descriptions, tantôt irréelles, tantôt fantastiques, des lieux et des paysages. L'auteur y utilise un vocabulaire hyper réaliste propice à mettre en route l'imaginaire du lecteur, ce qui a fait qualifier aussi ce texte de « poème en prose ». Reste qu'on peut dégager de l'œuvre des thèmes très concrets.

L'ATTENTE

Dans *Le Rivage des Syrtes*, le thème de l'attente est particulièrement prégnant et domine la quasi-totalité de l'œuvre. Dès l'incipit du roman, le lecteur est plongé dans un état d'expectative. Le style de cette écriture, douée d'une forte composante imaginaire, lui épargne l'impatience de voir aboutir l'action. L'auteur laisse penser que toute l'histoire se déroule dans un seul but, celui de voir se produire l'acte qui va tout changer et qui n'interviendra qu'à la toute fin du roman : « L'inachèvement même de cette guerre [...] était l'essentielle singularité qui nourrissait encore quelques imaginations baroques – comme si une conspiration latente se fût ébauchée çà et là. » (p. 15)

Le suspense est maintenu jusqu'au dénouement, malgré les dévoilements successifs du narrateur. Davantage encore, les révélations d'Aldo ne suffiront pas, même à la fin de l'histoire, pour reconstituer les mobiles de la guerre et la comprendre.

Aldo lui-même menait autrefois une vie oisive, sans activité, comme s'il attendait que quelque chose déclenche en lui une passion et donne enfin un but à son existence. C'est cet état d'expectative qui le pousse à partir : « Ma vie m'apparut irrémédiablement creuse, le terrain même sur lequel j'avais si négligemment bâti s'effondrait sous mes pieds. J'eus soudain envie de voyager : je sollicitais de la Seigneurie un emploi dans une province éloignée. » (p. 9) Cette demande sera à l'origine du processus qui brisera enfin l'inactivité du pays.

Mais entre la décision d'Aldo de partir dans les Syrtes au début du roman et son intrusion dans les eaux farghiennes à la fin, toute l'histoire est axée sur des « non-actes » : aucun personnage n'agit, bien que chacun soit conscient qu'il faut intervenir pour sauver la Seigneurie qui se meurt dans un sommeil sans fin. Pourtant, cette idée n'est souvent exprimée qu'à mots couverts, comme si en parler (voire même simplement y penser) était un péché. Aussi chacun espère-t-il que quelqu'un d'autre agira à sa place.

C'est à Aldo que revient cette mission. Vanessa le pousse à agir, tout comme le prêtre de Saint-Damase exhorte ses fidèles à l'action. En cette veille de Noël, dans la petite église de pêcheurs, le prédicateur établit un parallèle entre l'enfant-dieu, dont la venue va bouleverser le monde, et l'évènement que chacun craint (autant qu'il le souhaite) pour l'avenir d'Orsenna.

Dans les deux cas, les hommes doivent prendre des risques, rejoindre celui par qui arrive le renouveau et abandonner leur tranquillité quotidienne : « En cette nuit d'attente et de tremblement, en cette nuit du monde la plus béante et la plus incertaine, je vous dénonce le Sommeil et je vous dénonce la Sécurité. » (p. 177)

Marino est le seul personnage du roman à se complaire dans cette attente et à vouloir maintenir l'équilibre de la situation. S'il aime Aldo, il le craint tout autant. Quand le jeune Observateur lui rapporte, comme le doit sa fonction, les mouvements d'un bateau quittant nuitamment Maremma, Marino comprend qu'il sera celui qui mettra le feu aux poudres et celui qui le chassera de son poste, bien involontairement toutefois.

Cette attente est enfin rompue lorsque le Farghestan tire des coups de feu en direction du *Redoutable*, en réponse à l'intrusion du navire dans ses eaux territoriales. Paradoxalement, le roman s'achève lorsque l'histoire va enfin commencer, lorsque les évènements se précipitent et que la guerre est inéluctable. Le lecteur n'assistera donc pas à l'histoire ni à l'Histoire : il a uniquement été témoin des préparatifs pour mieux se concentrer sur le personnage d'Aldo, donnant à ce roman des airs de quête initiatique individuelle.

LA GUERRE, LE SALUT D'ORSENNA

Depuis des siècles, la Seigneurie d'Orsenna est en guerre contre le Farghestan. Mais au fil du temps, le conflit s'est étiolé pour se clore de manière non officielle, par une entente tacite entre les belligérants : « Dans cet engourdissement général, l'envie de terminer légalement le conflit manqua en même temps que celle de le prolonger par les armes... » (p. 13) Ainsi, Orsenna et le Farghestan ne combattent plus, mais restent tout de même ennemis et n'entretiennent par conséquent aucune relation.

Cette guerre stoppée nette a confiné les militaires dans une inactivité de mauvais augure : à l'Amirauté, tout est en sommeil, et la forteresse elle-même semble en vouloir aux hommes pour cette étrange paix : « Il me semblait que le colosse aveugle souffrait par trahison une deuxième mort. » (p. 26) Or il ne s'agit pas seulement des militaires : le pays entier se trouve dans une sorte de coma, dans un sommeil nauséabond dans lequel il semble se liquéfier et s'autodétruire. La représentation que le narrateur nous donne de Maremma en est un exemple flagrant : c'est une ville proche de l'asphyxie qui semble se noyer sous les eaux et dont les habitants, inertes, se prélassent aux soirées du palais Aldobrandi.

Un coup de fouet est dès lors nécessaire afin de sauver la Seigneurie d'une mort certaine. Quelques-uns en ont bien conscience, notamment le prêtre de Saint-Damase qui exhorte ses fidèles à l'action dans un prêche enflammé, et Vanessa, qui pousse Aldo à agir car elle a compris que le jeune homme était susceptible de mener une action pour provoquer l'ennemi. Il se montre en effet capable de galvaniser les troupes lorsqu'il mène l'équipage du *Redoutable* dans les eaux ennemies sans que les hommes ne manifestent leur désaccord.

Dans ce contexte d'engourdissement général, la guerre apparait comme salutaire, car elle permet aux hommes de la forteresse, et par extension à toute la Seigneurie, de revivre grâce à l'action. C'est à cette seule condition que le pays pourra se sauver d'une léthargie s'apparentant à la mort. La guerre est donc paradoxalement une question de vie ou de mort, peu importe son issue. D'ailleurs, cette guerre, qui va reprendre suite à l'incursion d'Aldo dans les eaux farghiennes, n'est pas condamnée par Danielo, l'un des sages qui dirigent Orsenna. Au contraire, il sait qu'Orsenna va se précipiter dans la guerre de son plein gré, comme si elle n'attendait que cela.

Ainsi la guerre est-elle ici considérée comme salutaire, comme un moyen de se sentir vivant : si Aldo affirme que « personne à Orsenna n'a le goût du suicide », Danielo lui réplique : « "Suicide est vite dit". Un État ne meurt pas, ce n'est qu'une forme qui se défait. » (p. 317) Quels choix s'offrent aux sociétés figées dans leurs habitudes pour se renouveler ? La guerre serait-elle la solution ? Pour Gracq, « la guerre n'y est que symbolique. » (interviewé sur *Le Rivage des Syrtes*, in *Nouvelles littéraires*, n° 1265, 29 novembre 1951, p. 1)

Il vaudrait mieux donner sa place à l'art comme facteur de renouveau. Si les hommes doivent se confronter pour exister, quoi de mieux que la scène théâtrale pour représenter ce moment. La guerre n'est ainsi qu'une contingence : le conflit a eu lieu dans la Seigneurie mais le lecteur n'en sera pas le spectateur. L'auteur achève même théâtralement son roman sur la phrase d'Aldo : « [...] le décor était planté. ». Au bord de la scène finale, le lecteur est renvoyé à sa propre lecture, déroulée jusqu'ici, et au travail même de l'écrivain dont, s'il le veut, il peut savourer tout l'art et ses effets.

LA MORT COMME DÉCOR

Le Rivage des Syrtes est une histoire écrite à postériori par le narrateur. Le lecteur sait donc d'emblée qu'Aldo a survécu à la guerre, mais il se doute également que l'issue de celle-ci a été fatale tant l'image de la mort est présente dans tous les lieux du roman, à commencer par la forteresse de l'Amirauté :

- le voyage d'Aldo vers les Syrtes, tout d'abord, est marqué par des présages lugubres : « Un coup de vent parfois faisait sur les joncs son frôlement triste, un instant l'eau des lagunes évaporait sa buée sur une glace terne, une peau morte et privée de reflets. Quelque chose s'étouffait derrière ce brouillard... » (p. 19) ;
- la forteresse elle-même dégage une « fade odeur moisie de suaire » (p. 23), ce qui désigne cette fois très explicitement la mort. Les militaires y sont inactifs, et c'est du haut de ses remparts que Marino disparaitra dans la mer au cours de sa dernière ronde ;
- le cimetière de la forteresse est un lieu important dans l'histoire et plusieurs scènes décisives s'y déroulent, ce qui n'est sans doute pas anodin. Aldo le décrit en ces termes :

> « Les durs alignements à l'équerre des tombes sans fleurs, la nudité froide des allées sans arbres, l'entretien méticuleux et pauvre de cette nécropole réglementaire mettaient sur ces fosses perdues un surcroît de tristesse morne et revêche

D'autres endroits sont eux aussi teintés d'un caractère glauque et funèbre :

- Maremma, la ville proche de la forteresse où la famille Aldobrandi séjourne et où Aldo retrouve Vanessa, est particulièrement marquée par la mort. C'est une ville construite sur l'eau et dont les fondations semblent incertaines, au bord de la noyade. Tous les sens sont mis en alerte par la mort qui envahit non seulement la vue mais aussi l'ouïe :

   « On avait ouvert toutes grandes les baies à arcades qui donnaient directement sur la lagune : l'odeur entêtante des eaux mortes soulevait comme une marée les parfums des gros buissons de fleurs, leur donnait cette même opacité funèbre et mouillée qui nous glace les tempes dans une chambre mortuaire. » (p. 87)

- les ruines de Sagra sont un lieu important de l'histoire, bien qu'Aldo n'y passe que très peu de temps. C'est une ville ancienne, qui n'existe plus, quittée par ses habitants. Totalement en ruines, elle se situe, comme Orsenna et Maremma, en bord de mer. C'est là-bas qu'Aldo voit pour la première fois l'ennemi lorsqu'il aperçoit de loin le gardien du bateau qui a franchi la frontière maritime : « La ville morte était devenue une jungle pavée, un jardin suspendu de troncs sauvages, une gigantomachie déchaînée de l'arbre et de la pierre. » (p. 70) Cette description d'une nature qui reprend ses droits fait immanquablement penser aux jardins Selvaggi de la ville d'Orsenna, jardins semi-abandonnés qui portent déjà la future dévastation de la guerre dans leur nom (*selvaggio* signifiant sauvage en italien).

La référence à la nature sauvage est en effet relevée par les spécialistes de l'œuvre de Julien Gracq :

> « *Le Rivage des Syrtes* est animé, en profondeur, par les signes divers du fantomatique, voire du monstrueux qui mine l'ordre social précaire. [Ce récit montre] la retombée dans un monde animal et violent [...]. En même temps, les récits gracquiens s'efforcent de conjurer cette violence en accréditant l'idée d'un cosmos, d'un monde harmonieux, qui fait l'objet d'une saisie magique. [...] Les textes de Gracq ne cessent ainsi de laisser entrevoir, en filigrane, la nature panique, la violence primordiale des choses. » (TRITSMANS B., « Fantôme, monstres, et la face de la terre : panique et magie dans *Un beau ténébreux* et *Le Rivage des Syrtes* », in *Europe : revue littéraire mensuelle*, n° 1007, mars 2013, p. 137)

LA GÉOGRAPHIE DU ROMAN

La géographie du *Rivage des Syrtes* s'articule autour de plusieurs lieux :

- Orsenna, la ville principale de la Seigneurie, est une sorte de cité-État. Le lecteur ne connait pas grand-chose de la topographie d'Orsenna puisqu'Aldo quitte la ville dès le début du roman pour n'y revenir que très brièvement à la fin. Néanmoins, l'un de ses souvenirs s'y déroule : celui de sa rencontre avec Vanessa Aldobrandi, bien des années plus tôt. Cette rencontre a lieu dans les jardins de la ville, les jardins Selvaggi, qui semblent être un lieu enchanteur où le narrateur se réfugie pour fuir le bruit de la ville. C'est donc là qu'il rencontre Vanessa, et ce n'est certainement pas anodin puisque c'est la jeune fille qui le poussera à agir et à provoquer le Farghestan quelques années plus tard. En ce sens, ce jardin pourrait être comparé au jardin d'Éden, lieu où il rencontre sa tentatrice ;

- la forteresse au bord de la mer des Syrtes, le lieu principal de l'action tout au long du roman. C'est là qu'Aldo prend pleinement conscience du Farghestan et qu'il part pour sa fameuse expédition. Lieu d'inactivité et d'attente pendant la majorité de l'histoire, on devine dès lors que la forteresse sera par la suite un lieu d'activité, au cœur de tous les combats ;

- le Farghestan, l'ennemi ancestral de la seigneurie, qui fait face aux Syrtes. C'est une contrée imaginaire, comme tous les autres lieux du roman, mais dont les sonorités évoquent bien des pays d'Asie centrale tels que le Pakistan ou encore l'Afghanistan. De plus, le mot « *fargh* » existe en persan et signifie « différence ». Or le Farghestan est bien le pays de l'altérité, de l'autre que l'on ne fréquente pas ;

- Maremma, le lieu de villégiature des familles aisées d'Orsenna qui viennent y passer la belle saison. Appelée « la Venise des Syrtes », c'est une ville faite de lagunes et de canaux où les palais semblent flotter sur une eau nauséabonde et tout prêts à s'effondrer. C'est là que se revoient Aldo et Vanessa, dans un relent de mort. La ville est en proie à toutes sortes de rumeurs et d'agitation, et la police a beaucoup de mal à y faire respecter l'ordre.

C'est ce que le policier Belsenza avoue à Aldo :

> « Vous essayez à peine de les saisir *au juste*, que les bruits prennent immédiatement une autre forme. Comme s'ils avaient peur de se laisser attraper, vérifier. Comme si les gens avaient peur surtout qu'on les empêche de courir, de tenir en haleine. Comme si les gens avaient surtout peur qu'il cesse d'y avoir des bruits. » (p. 93)

En tant que ville la plus proche du Farghestan, c'est là que se font sentir en premier lieu les prémices de la guerre.

LE STYLE, UN POINT DE BASCULE

Les commentateurs de l'œuvre de Julien Gracq s'accordent pour dire que « *Le Rivage des Syrtes* constitue un moment unique dans l'œuvre romanesque gracquienne » (AMOSSY R., *Parcours symboliques chez Julien Gracq*, Paris, Sedes, 1982, p. 9). La lecture commence comme celle d'une œuvre romantique sentimentale du XIXe siècle, puis s'assombrit en roman noir de la même époque, avec un imaginaire exotique et une prose poétique. Une atmosphère qui perdurera jusqu'à la fin, entrecoupée de riches dialogues qui, eux-mêmes, apportent de l'air, comme un semblant de réalité, dans cette ambiance de déliquescence générale :

> « *Le Rivage des Syrtes* se trouve aussi au sommet de la courbe que l'œuvre dessine [...] c'est-à-dire à son point d'inflexion. Le livre rassemble tout l'acquis [...] dans le domaine de la technique romanesque, [...] pour l'orchestration des thèmes ; [...]. L'évolution ultérieure est annoncée par la place croissante que prend le paysage, alors que le récit semble

s'amenuiser. En revanche le statut imaginaire du roman est pleinement assumé : c'est du point culminant de la fiction que constitue l'invention de la Seigneurie d'Orsenna, que l'on basculera dans le réalisme historique et quotidien du *Balcon en forêt*. [...] Tout cela fait du *Rivage des Syrtes* un livre clé. [...] : il marque une limite. » (MURAT M., *Julien Gracq*, Paris, Pierre Belfond, coll. « Les dossiers Belfond », 1991, p. 191)

En effet, à partir du *Balcon en forêt* (1958), Julien Gracq abandonne la mention « roman » pour celle de « récit » :

« [*Un Balcon en forêt*] témoigne de l'évolution qui mène la prose de Gracq, selon ses propres termes, du « mot-climat » au « mot-nourriture », [...] de l'ébranlement imaginaire à l'assouvissement des sens... » (MURAT M., *Julien Gracq, ibid.*, p. 205)

À partir du *Balcon*, le style narratif de Gracq change en s'attachant à la « matière » du mot, passant des « fastes poétiques de ses premiers romans », dont *Le Rivage des Syrtes*, au « réalisme poétique des derniers récits » (BOIE B., « Tout ce qui fait le timbre d'une voix », in *Europe : revue littéraire mensuelle*, n° 1007, mars 2013, p. 7). Reste que l'évènement du prix Goncourt attribué en 1951 au *Rivage des Syrtes* mais refusé par l'auteur en a fait l'œuvre la plus connue du public.

PISTES DE RÉFLEXION

QUELQUES QUESTIONS POUR APPROFONDIR SA RÉFLEXION...

- Par quels moyens littéraires l'auteur parvient-il à installer une atmosphère d'attente et de torpeur ?
- *Le Rivage des Syrtes* est-il une œuvre intemporelle ou bien est-il exclusivement lié au contexte historique de la Seconde Guerre mondiale ? Expliquez
- Le personnage d'Aldo connait-il une évolution entre le début et la fin du roman ? Développez.
- Selon vous, Aldo est-il un héros ? Justifiez.
- Les concepts de limite et de frontière sont au cœur du récit. Expliquez.
- Commentez les propos tenus par Julien Gracq au sujet du *Rivage des Syrtes* : « J'aurais voulu qu'il eût la majesté paresseuse du premier grondement lointain de l'orage, qui n'a aucun besoin de hausser le ton pour s'imposer, préparé qu'il est par une longue torpeur imperçue. » (GRACQ J., *En lisant en écrivant*, Paris, José Corti, 1980, p. 217)
- La guerre représente dans le roman la seule possibilité pour secouer l'inertie de la Seigneurie d'Orsenna et prend, en ce sens, une connotation positive. Expliquez ce fait quelque peu paradoxal.
- Peut-on dire que Danielo est le double de l'auteur ? Expliquez
- La formation scientifique de Gracq se retrouve-t-elle dans son écriture ?

- On a souvent comparé *Le Rivage des Syrtes* et *Le Désert des Tartares* (1940) de Dino Buzzati (journaliste, peintre et écrivain italien, 1906-1972). Que pensez-vous de ce rapprochement ?

Votre avis nous intéresse !
Laissez un commentaire sur le site de votre librairie en ligne
et partagez vos coups de cœur sur les réseaux sociaux !

POUR ALLER PLUS LOIN

ÉDITION DE RÉFÉRENCE

- GRACQ J., *Le Rivage des Syrtes*, Paris, José Corti, 1995.

ÉTUDES DE RÉFÉRENCE

- AMOSSY R., *Parcours symboliques chez Julien Gracq*, Paris, Sedes, 1982.
- BOIE B., « Tout ce qui fait le timbre d'une voix », in *Europe : revue littéraire mensuelle*, n° 1007, mars 2013.
- COLLECTIF, *Nouvelles littéraires*, n° 1265, 29 novembre 1951.
- COLLECTIF, « Julien Gracq », *Europe : revue littéraire mensuelle*, n° 1007, mars 2013.
- GRACQ J., *En lisant en écrivant*, Parsi, José Corti, 1980.
- MURAT M., *Julien Gracq*, Paris, Pierre Belfond, coll. « Les dossiers Belfond », 1991.

DUMAS
- Les Trois
  Mousquetaires

ÉNARD
- Parlez-leur
  de batailles,
  de rois et
  d'éléphants

FERRARI
- Le Sermon sur la
  chute de Rome

FLAUBERT
- Madame Bovary

FRANK
- Journal
  d'Anne Frank

FRED VARGAS
- Pars vite et
  reviens tard

GARY
- La Vie devant soi

GAUDÉ
- La Mort du
  roi Tsongor
- Le Soleil des
  Scorta

GAUTIER
- La Morte
  amoureuse
- Le Capitaine
  Fracasse

GAVALDA
- 35 kilos d'espoir

GIDE
- Les
  Faux-Monnayeurs

GIONO
- Le Grand
  Troupeau
- Le Hussard
  sur le toit

GIRAUDOUX
- La guerre de
  Troie
  n'aura pas lieu

GOLDING
- Sa Majesté des
  Mouches

GRIMBERT
- Un secret

HEMINGWAY
- Le Vieil Homme
  et la Mer

HESSEL
- Indignez-vous !

HOMÈRE
- L'Odyssée

HUGO
- Le Dernier Jour
  d'un condamné
- Les Misérables
- Notre-Dame
  de Paris

HUXLEY
- Le Meilleur
  des mondes

IONESCO
- Rhinocéros
- La Cantatrice
  chauve

JARY
- Ubu roi

JENNI
- L'Art français
  de la guerre

JOFFO
- Un sac de billes

KAFKA
- La Métamorphose

KEROUAC
- Sur la route

KESSEL
- Le Lion

LARSSON
- Millenium I. Les
  hommes qui
  n'aimaient pas
  les femmes

LE CLÉZIO
- Mondo

LEVI
- Si c'est un
  homme

LEVY
- Et si c'était vrai...

MAALOUF
- Léon l'Africain

MALRAUX
• La Condition
  humaine

MARIVAUX
• La Double
  Inconstance
• Le Jeu de l'amour
  et du hasard

MARTINEZ
• Du domaine
  des murmures

MAUPASSANT
• Boule de suif
• Le Horla
• Une vie

MAURIAC
• Le Nœud
  de vipères

MAURIAC
• Le Sagouin

MÉRIMÉE
• Tamango
• Colomba

MERLE
• La mort est
  mon métier

MOLIÈRE
• Le Misanthrope
• L'Avare
• Le Bourgeois
  gentilhomme

MONTAIGNE
• Essais

MORPURGO
• Le Roi Arthur

MUSSET
• Lorenzaccio

MUSSO
• Que serais-je
  sans toi ?

NOTHOMB
• Stupeur et
  Tremblements

ORWELL
• La Ferme
  des animaux
• 1984

PAGNOL
• La Gloire de
  mon père

PANCOL
• Les Yeux jaunes
  des crocodiles

PASCAL
• Pensées

PENNAC
• Au bonheur
  des ogres

POE
• La Chute de la
  maison Usher

PROUST
• Du côté de
  chez Swann

QUENEAU
• Zazie dans
  le métro

QUIGNARD
• Tous les matins
  du monde

RABELAIS
• Gargantua

RACINE
• Andromaque
• Britannicus
• Phèdre

ROUSSEAU
• Confessions

ROSTAND
• Cyrano de
  Bergerac

ROWLING
• Harry Potter à
  l'école des sor-
  ciers

SAINT-EXUPÉRY
• Le Petit Prince
• Vol de nuit

SARTRE
• Huis clos
• La Nausée
• Les Mouches

SCHLINK
• Le Liseur

SCHMITT
- La Part de l'autre
- Oscar et la Dame rose

SEPULVEDA
- Le Vieux qui lisait des romans d'amour

SHAKESPEARE
- Roméo et Juliette

SIMENON
- Le Chien jaune

STEEMAN
- L'Assassin habite au 21

STEINBECK
- Des souris et des hommes

STENDHAL
- Le Rouge et le Noir

STEVENSON
- L'Île au trésor

SÜSKIND
- Le Parfum

TOLSTOÏ
- Anna Karénine

TOURNIER
- Vendredi ou la Vie sauvage

TOUSSAINT
- Fuir

UHLMAN
- L'Ami retrouvé

VERNE
- Le Tour du monde en 80 jours
- Vingt mille lieues sous les mers
- Voyage au centre de la terre

VIAN
- L'Écume des jours

VOLTAIRE
- Candide

WELLS
- La Guerre des mondes

YOURCENAR
- Mémoires d'Hadrien

ZOLA
- Au bonheur des dames
- L'Assommoir
- Germinal

ZWEIG
- Le Joueur d'échecs

L'éditeur veille à la fiabilité des informations publiées, lesquelles ne pourraient toutefois engager sa responsabilité.

www.lepetitlitteraire.fr

ISBN version numérique : 978-2-8062-5167-1
ISBN version papier : 978-2-8062-5212-8
Dépôt légal : D/2013/12603/77

Avec la collaboration de Paola Livinal pour l'étude du personnage de Danielo ainsi que pour le chapitre « Le style, un point de bascule ».

Conception numérique : Primento, le partenaire numérique des éditeurs.

Ce titre a été réalisé avec le soutien de la Fédération Wallonie-Bruxelles, Service général des Lettres et du Livre.